Fiche de lecture

Document rédigé par Noémi Pineau
doctorante en littérature allemande
(Université de Strasbourg)

Léon l'Africain

Amin Maalouf

lePetitLittéraire.fr

Amin Maalouf
Journaliste et écrivain franco-libanais

- **Né en 1949 à Beyrouth**
- **Quelques-unes de ses œuvres :**

  Léon l'Africain (1986), roman

  Les Échelles du Levant (1996), roman

  Les Identités meurtrières (1998), essai

Né à Beyrouth (Liban) en 1949, Amin Maalouf a été journaliste pour *An-Nahar*, le principal quotidien de Beyrouth. L'éclatement de la guerre civile en 1975 le contraint à l'exil : il s'installe à Paris où il couvre pour *Jeune Afrique* de nombreux conflits dans le monde. Après un premier essai publié en 1983, *Les Croisades vues par les Arabes*, il rencontre le succès comme romancier avec *Léon l'Africain* en 1986. Il se consacre alors exclusivement à la littérature, produisant romans, essais et livrets d'opéra. Lauréat du prix Goncourt en 1993 pour *Le Rocher de Tanios*, dont l'action se situe dans un Liban pour lequel il garde une profonde nostalgie, Amin Maalouf a été élu membre de l'Académie française en juin 2011.

Léon l'Africain
Le parcours d'un apatride dans un XVIe siècle troublé

- **Genre :** roman
- **Édition de référence :** *Léon l'Africain*, Paris, Éditions J.C Lattès, 1986, 352 p.
- **1re édition :** 1986
- **Thématiques :** religion, guerre, exil, pouvoir

Dans *Léon l'Africain*, publié en 1986, Amin Maalouf retrace, depuis l'origine de sa famille jusqu'à sa vieillesse, le destin d'un marchand et diplomate méditerranéen, Léon l'Africain, de son vrai nom Hassan-al-Wazzan. Cet ouvrage ne se limite nullement à un récit biographique, mais réalise également la peinture d'une époque extrêmement riche en évènements historiques. Le parcours de Léon l'Africain est intimement lié aux conflits religieux du XVIe siècle qui le poussent à parcourir le bassin méditerranéen.

RÉSUMÉ

L'EXIL D'HASSAN ET SA FAMILLE VERS FÈS

Le récit raconte la naissance à Grenade d'Hassan, fils de Salma, la première épouse de Mohammed. Warda, sa seconde femme, une esclave chrétienne, lui a donné une fille, Mariam. Un jour, Warda rencontre son frère, Juan, qui veut la ramener dans leur famille et gifle Mohammed. Suite à cet outrage, celui-ci chasse sa femme.

À la même époque, le royaume musulman doit faire face à la menace chrétienne. Un cheikh (homme respecté pour son grand âge et ses connaissances), Astaghfirulla, prédit d'ailleurs la chute de Grenade. Peu à peu, la situation devient difficile et l'oncle de Hassan, Khâli, décide de s'exiler. Entre 1491 et 1492, la ville tombe aux mains des chrétiens, menés par Ferdinand II d'Aragon et Isabelle de Castille. Cet évènement marque la fin de la cohabitation entre chrétiens et musulmans. L'armée chrétienne des Castillans avance et prend possession de Melilla, tandis que l'Inquisition (tribunal chargé de lutter contre l'hérésie) menée contre les musulmans s'intensifie à Grenade et provoque un massacre.

La famille d'Hassan prend la mer à Alméria, pour un exil vers Fès qui s'avèrera définitif. À Melilla, Hassan et les siens retrouvent Warda et Mariam dont Mohammed, qui regrettait son geste, était parvenu à organiser la fuite. Arrivée à Fès, la famille d'Hassan, désormais au complet, souhaite s'installer chez Khâli, le frère de Salma. Mais celui-ci refuse de les accueillir à cause de la présence de Warda : Khâli estime que le frère de la jeune femme a déshonoré leur famille en frappant Mohammed et que celui-ci n'aurait pas dû retourner vers elle.

Salma tente de séparer Warda et son mari en versant sur ce dernier une potion alors qu'il dort. Mais Mohammed s'éveille et, dans sa colère, la chasse. Hassan et sa mère, se retrouvant seuls, s'installent chez Khâli. L'enfant entre à l'école et se lie d'amitié avec Haroun le Furet et Ahmed le Boiteux.

LE DÉBUT D'UNE CARRIÈRE DE NÉGOCIANT

Un jour, Mariam fait promettre à Hassan de la protéger contre les autres hommes. Malheureusement, la jeune fille est fiancée à un homme malhonnête, violent et bien plus vieux qu'elle, le Zérouali. Hassan tente de persuader son père qu'il est dangereux, mais celui-ci ne veut rien entendre et le gifle. Haroun fait alors courir des bruits sur le Zérouali dans toute la ville et parvient ainsi à faire annuler le mariage de Mariam. Pour se venger, le Zérouali la fait emprisonner dans le quartier des lépreux.

Khâli est chargé par le nouveau sultan de Fès d'aller porter un message au souverain du Soudan. Hassan l'accompagne dans ce voyage qui lui apprend le métier de marchand et de diplomate. Il revient avec Hiba, une esclave que le souverain du Soudan lui a offerte, alors que Khâli meurt d'une maladie. Peu de temps après, il débute une carrière de négociant.

Suivant les volontés de son oncle défunt, Hassan est contraint d'épouser Fatima, la plus jeune de ses filles. Quant à ses parents, ils se sont remariés. Hassan a une fille qu'il nomme Sarwat. Quelque temps plus tard, Fatima meurt en couches.

Un commerçant envoie Hassan chercher pour lui de la marchandise. Il fait de très bonnes affaires, puis sauve la ville de Tefza en négociant sa liberté auprès d'une armée qui veut la soumettre. Il devient prospère. Pendant ce temps, les Castillans poursuivent leur progression au Maghreb. Le sultan l'envoie alors s'assurer de la fidélité d'Ahmed, son ami, qui se trouve à Agadir. Malheureusement, celui-ci a été gagné par la folie du pouvoir et refuse de se soumettre à une quelconque autorité.

Haroun annonce de son côté vouloir prendre Mariam comme épouse. Il décide alors de l'enlever du quartier des lépreux et de partir vivre avec elle dans les montagnes. Pour ce faire, il tue le Zérouali. Malheureusement, le sultan rend Hassan responsable des agissements d'Haroun et le bannit pour une durée de deux ans. Sur la route, une tempête lui fait perdre toutes ses richesses.

LA RENCONTRE DE LA PRINCESSE NOUR

Hassan se rend alors au Caire, atteint par une épidémie de peste. Il y rencontre un commerçant qui lui propose de garder sa maison en son absence. Il s'y sent rapidement chez lui. Il fait également la rencontre de la princesse Nour, la veuve de l'émir Aladin, lui-même neveu du Grand Turc, et en tombe amoureux. Depuis la mort de son époux, la princesse Nour vit seule dans la pauvreté avec son fils Bayazid, dont elle dissimule l'existence car il pourrait prétendre au trône ottoman et renverser l'actuel souverain.

Nour et Hassan se marient, et auront ensemble une fille, Hayat. Ils rentrent à Fès, où le père d'Hassan est mort. Ce dernier retrouve Haroun dont il a entendu dire qu'il était devenu un bandit.

Haroun l'oblige à se rendre à Constantinople en compagnie de sa famille pour porter un message au sultan Selim. Là-bas, Hassan apprend par hasard que le sultan a l'intention d'attaquer Le Caire. Nour le persuade de s'y rendre pour prévenir la ville. Le sultan égyptien fuit donc Le Caire, mais il meurt dans une bataille. La ville tombe aux mains du Grand Turc. Un conseiller du sultan d'Égypte, Tumanbay, tente d'organiser la résistance contre les Ottomans, mais il est exécuté.

LES PÉRIPÉTIES ROMAINES DE JEAN-LÉON DE MÉDICIS

Alors qu'Hassan se rend en pèlerinage à La Mecque, il est enlevé par deux marins : fait esclave par le pirate Pietro Bovadiglia, il est offert au pape Léon X. Malgré son statut, il est rapidement autorisé à circuler à sa guise dans la ville de Rome et est baptisé. Peu de temps après, le pape l'adopte sous le nom de Jean-Léon de Médicis. Il épouse alors Maddalena, une juive convertie au christianisme, qui lui donne un fils, Giuseppe.

Quelque temps plus tard, le pape Léon X meurt d'une maladie et Rome devient moins hospitalière pour Jean-Léon. Les cardinaux élisent Adrien comme nouveau pape et Jean-Léon participe à une mobilisation contre lui. Par ailleurs, il apprend que Nour ne l'a pas attendu et qu'elle est partie en lui laissant sa fille. Il est arrêté.

Après quelques mois, Jean-Léon est libéré. Son ami, le cardinal Jules de Médicis, est devenu le pape Clément VII. Ce dernier, partagé entre le royaume de Soliman et celui de Charles Quint, roi d'Espagne et empereur, espère s'allier à François Ier, roi de France, pour rompre son isolement. Il demande l'aide de Jean-Léon le diplomate dans cette tâche.

Celui-ci rencontre un ambassadeur du Grand Turc qui se révèle être Haroun. L'ancien bandit rejette ses velléités guerrières pour une paix durable. Le roi de France est par ailleurs écrasé par les troupes de Charles Quint et ne constitue donc plus une possibilité d'alliance pour le pape. Cependant, celui-ci désire tout de même s'allier à François Ier. Quelque temps plus tard, une armée de milliers d'hommes à la solde de Charles Quint entre dans Rome. Grâce à l'aide d'un ami, Jean-Léon peut fuir avec sa famille.

ÉTUDE DES PERSONNAGES

HASSAN-AL-WAZZAN/LÉON L'AFRICAIN

Le personnage principal apparait comme l'incarnation même de l'homme cosmopolite, et ce dès la préface :

> « Moi, Hassan, fils de Mohammed le peseur, moi, Jean-Léon de Médicis, circoncis de la main d'un barbier et baptisé de la main d'un pape, on me nomme aujourd'hui l'Africain, mais d'Afrique ne suis, ni d'Europe, ni d'Arabie. On m'appelle aussi le Grenadin, le Fassi, le Zayyati, mais je ne viens d'aucun pays, d'aucune cité, d'aucune tribu. Je suis fils de la route, ma patrie est caravane, et ma vie la plus inattendue des traversées. (p. 9)

Cependant, ce cosmopolitisme est bien souvent provoqué par les évènements plutôt que volontaire. Il s'accompagne du statut d'apatride à partir de son départ de Grenade.

La conséquence de cette manière de voir les choses est la relativisation de nombreuses opinions et réalités par ce personnage :

> « De ma longue retraite paysanne, pourtant émaillée de contemplations et de promenades silencieuses, j'ai émergé sans certitudes. Périssables, toutes les cités ; carnassiers, tous les empires ; insondable, la Providence. Seules me réconfortaient la crue du Nil, la ronde des astres et les naissances saisonnières des bufflons. (p. 271)

Léon l'Africain accorde beaucoup d'importance aux contacts humains. Il cherche à connaitre chaque personne qu'il rencontre, il est toujours particulièrement heureux de retrouver quelqu'un qu'il a côtoyé par le passé, et les différences culturelles et religieuses ne sont en aucun cas un obstacle pour lui.

La valeur d'un homme constitue un questionnement récurrent pour Léon l'Africain. Il insiste sur le peu d'importance de la position sociale, au contraire des qualités morales. Ainsi, les portefaix (un ancien métier qui consiste à porter des fardeaux), malgré leur misère, ont su par leur comportement irréprochable s'attirer le respect de la ville de Fès. Léon accorde une telle importance aux qualités morales que lorsqu'il aperçoit son père dans une taverne et en compagnie d'une femme, il est bouleversé au plus haut point : « J'avais honte, j'avais mal. Je n'arrêtais pas de courir, les larmes le long des joues, les yeux presque fermés, la gorge prise, le souffle étranglé. » (p. 115) Mais Léon comprend par la suite le comportement de son père et lui pardonne : avec le recul, il perçoit l'existence comme un chemin nécessairement semé d'embuches. Il est normal, selon lui, que les hommes s'égarent en cherchant leur bonheur, ce sont les erreurs qui font progresser :

> « Et j'ai dû attendre mes premiers cheveux blancs, mes premiers regrets, avant de me convaincre que tout homme, y compris mon père, avait le droit de faire fausse route s'il croyait poursuivre le bonheur. Dès lors je me suis mis à chérir ses errements, comme j'espère que tu chériras les miens, mon fils. Je te souhaite même de t'égarer parfois à ton tour. (p. 87-88)

Selon lui, l'homme est livré au jeu du destin et cherche dès lors à déchiffrer le sens de sa destinée, par la superstition ou en s'attachant à des objets ou des symboles, comme Léon l'explique au sujet d'une amulette : « Je ne crois cette amulette investie d'aucun pouvoir magique, mais l'homme est si vulnérable face au destin qu'il ne peut que s'attacher à des objets enveloppés de mystère. » (p. 37) La magie est intégrée dans la vie quotidienne et parfois valorisée par le narrateur.

LES FEMMES

Dans le roman, les femmes sont soumises aux hommes. Mariam résume leur statut en déclarant à Léon sa peur de tous les hommes, à l'exception de son frère : « De tous les autres hommes, mon devoir est d'avoir peur. De mon père aujourd'hui, de mon mari demain, de tous ceux qui ne sont pas mes proches et dont je dois me cacher. » (p. 129) L'épisode des fiançailles de Mariam avec le Zérouali fait apparaitre la totale liberté de l'homme à disposer de sa femme comme il l'entend, jusqu'à avoir pouvoir de vie et de mort sur elle : « Il suffit d'une dénonciation, d'une calomnie, d'un mot insidieux lancé par une rivale, pour que la malheureuse soit étranglée. » (p. 139) Cependant, dans leur personnalité, elles apparaissent comme égales et parfois supérieures aux hommes.

Les femmes font fréquemment preuve de défauts causés par leur statut social. La jalousie notamment, en raison de la cohabitation au sein du même foyer de plusieurs épouses, l'une officielle et les autres esclaves, comme dans la famille de Léon l'Africain où se joue une course entre deux femmes qui veulent chacune donner un fils à Mohammed. Cependant, malgré cette jalousie, la séparation nette entre le monde masculin et l'univers féminin crée parfois un véritable sentiment d'appartenance ainsi qu'une solidarité entre les femmes, comme c'est le cas entre Salma et Sarah, une voisine, et même entre Warda et Salma.

Malgré le peu de maitrise qu'elles ont de leur destin, les femmes sont souvent présentées par le narrateur comme faisant preuve d'un grand courage. C'est le cas de Mariam et de chacune des épouses de Léon l'Africain.

LES HOMMES

La représentation de la communauté des hommes dans *Léon l'Africain* est bien plus négative que celle des femmes. Ils causent souvent leur perte par leur propre faute, en raison de leur orgueil et de leur soif de pouvoir qui s'exerce dans divers domaines.

Mohammed ne fait pas exception, en promenant ses deux épouses enceintes dans toute la ville de Grenade et en manquant de provoquer leur accouchement prématuré. Aussi, comme beaucoup d'autres, ne se remettra-t-il jamais de son départ forcé de Grenade et l'espoir d'y retourner un jour sera-t-il sa seule raison de vivre :

> « Vois-tu, Hassan, tous ces hommes ont encore, accrochée à leurs murs, la clé de leur maison de Grenade. Chaque jour, ils la regardent, et la regardant, ils soupirent et prient. [...] Leur seule raison de vivre, c'est de penser que bientôt, grâce au grand sultan ou à la Providence, ils retrouveront leur

maison, la couleur de ses pierres, les odeurs de son jardin, l'eau de sa fontaine, intacts, inaltérés, comme dans leurs rêves. (p. 127)

Mais l'exil est tout de même préféré à l'humiliation. Après la prise de Grenade, Astaghfirulla cherche à convaincre les musulmans qu'il vaut mieux pour eux de s'exiler plutôt que de rester dans une ville aux mains de leurs ennemis :

> « Partez, émigrez, laissez Dieu guider vos pas, car si vous acceptez de vivre dans la soumission et l'humiliation, si vous acceptez de vivre dans un pays où sont bafoués les préceptes de la Foi, où sont insultés chaque jour le Livre et le Prophète – prière et salut sur lui ! – vous donnerez de l'islam une image avilissante dont le Très-Haut vous demandera des comptes au jour du jugement. (p. 77)

CLÉS DE LECTURE

UN ROMAN HISTORIQUE

Ce roman relève du genre du roman historique, c'est-à-dire qu'il mêle des éléments fictifs à des faits réels. D'une part, les personnages principaux (Hassan et sa famille) et leurs aventures personnelles sont inventés par l'auteur. D'autre part, le contexte historique évoqué est réel : il s'agit des évènements qui ont marqué le XVIe siècle, autour de la Méditerranée principalement. Les voyages du personnage principal, qui est aussi le narrateur, Léon, permettent à l'auteur de mettre en scène les différentes aires d'influence en Europe du XVIe siècle :

- le royaume arabe qui dirige Grenade au début du roman et recule petit à petit devant l'avancée des chrétiens ;
- l'ensemble du royaume d'Espagne et du Saint Empire romain germanique dirigé par Charles Quint ;
- le royaume de France avec, à sa tête, François Ier ;
- le pontificat romain ;
- l'Empire ottoman.

Le roman se déroule sur fond de guerres incessantes aux enjeux politiques et religieux. Les hommes qui les mènent sont décrits comme aveuglés par leurs passions, leurs désirs ou leur cupidité. Léon évoque la « folie » ainsi que l'« aveuglement » (p. 36) de son entourage.

Le narrateur du récit étant islamique, le roman se focalise plus longuement sur le devenir de l'islam au XVIe siècle : le lecteur suit les pérégrinations de Hassan et de sa famille pour échapper aux chrétiens. Par la suite, Léon assiste à l'émergence de l'Empire ottoman, puis, enfin, aux problèmes rencontrés par l'Église catholique. Nous évoquerons chacun de ces évènements historiques vécus par le héros dans les clés de lecture suivantes.

LE LIVRE DE GRENADE ET LE LIVRE DE FÈS : LE DESTIN DE L'ISLAM

L'âge d'or de l'islam semble avoir déjà disparu au début du récit. Cette époque révolue apparait comme plus vertueuse et plus raisonnable que l'époque actuelle : « Qui ose se prétendre plus proche de la Vérité que ne l'ont été le Prophète et ses compagnons ? C'est parce qu'ils se sont écartés de la voie juste, parce qu'ils se sont laissé corrompre les mœurs et les idées que les musulmans ont faibli devant leurs ennemis. » (p. 45) Certains personnages attribuent la déchéance de la société islamique à la fin de la place prépondérante de la culture : « Abou-Khamr se plaignait d'ailleurs du fait que les pays musulmans produisaient moins de livres que par le passé, qu'il s'agissait surtout de simples reprises ou de résumés de livres anciens.» (p. 44-45)

La ville de Grenade, auparavant musulmane, est par ailleurs vidée de sa substance du fait de sa conquête par les chrétiens. La prise de la ville par Ferdinand sonne le glas de la cohabitation des religions. Auparavant, les religions se côtoyaient en s'empruntant même mutuellement des coutumes et des fêtes : « [L]e calendrier chrétien ne servait pas seulement à s'occuper des plantes, mais [...] il fournissait également maintes occasions de festoyer, ce dont mes compatriotes ne se privaient jamais.» (p. 70-71)

Grenade n'est plus désormais une ville à part entière, mais un territoire conquis, dont les habitants sont humiliés, persécutés ou encore ont fui: «[J]e ne l'ai connue qu'agonisante, vidée de ses hommes et de son âme, humiliée, éteinte [...].» (p. 88) L'Inquisition fait rage dans la ville et même ceux qui se sont convertis sont persécutés, comme l'explique Sarah, la voisine de la famille: «Sept de mes cousins sont en prison, une nièce a été brûlée vive avec son mari, accusés d'être demeurés juifs en secret.» (p. 99) La ville de Fès est également touchée par cette atmosphère de fin des temps, symbolisée par l'émergence de la syphilis, attribuée tour à tour à tous les étrangers de la ville.

LE LIVRE DU CAIRE: L'ÉMERGENCE DE L'EMPIRE OTTOMAN

Son séjour au Caire met Hassan face à la montée en puissance de l'Empire ottoman. Le trône est occupé par le sultan Selim Ier, dit «le Terrible», depuis 1512. Celui-ci a contraint son père Bayezid à l'abdication et a organisé le massacre des potentiels prétendants au trône pour protéger sa position. Il amorce le renforcement de l'Empire à travers la conquête de l'Iran et l'Égypte. Hassan assiste dans le roman à la prise du Caire par le sultan ottoman, un évènement qui a en effet eu lieu en 1517. Selim obtient également l'autorité sur La Mecque et s'autoproclame calife, autorité spirituelle des musulmans.

Son successeur, Soliman/Süleyman, dit « le Magnifique », qui règne de 1520 à 1566, est celui qui mènera l'Empire jusqu'au bout de ses rêves de puissance. Il s'empare de la quasi-totalité du monde arabe. En Europe également, les Ottomans font trembler les puissances en place. Après avoir pris Belgrade puis l'actuelle Hongrie, Soliman parviendra jusqu'aux murs de Vienne en 1529.

Dans le roman, Hassan voit la montée des Ottomans jusqu'à la prise du Caire qu'il tente d'empêcher sans y parvenir. En effet, cette prise de pouvoir, même si elle est le fait de ses coreligionnaires, est synonyme du déclin spirituel de la civilisation d'un islam ancien.

LE LIVRE DE ROME : CATHOLICISME ET PROTESTANTISME

Dans le livre de Rome, Léon est au cœur des réflexions du pontificat sur sa stratégie d'alliance. Rome est au centre de plusieurs zones d'influence et cherche à s'allier à l'une d'entre elles pour gagner un protecteur. Le pape Clément VII choisit de s'unir au roi de France, un choix qui s'avère être le mauvais, car celui-ci est fait prisonnier. Rome doit alors faire face à l'assaut de Charles Quint auquel il n'a pas souhaité s'allier et qui, dans sa soif de domination, désire conquérir la ville.

Ce roman a également pour toile de fond l'émergence des protestants. Ceux-ci remettent à la fois en question le rôle de l'Église et du pape. Ils s'insurgent contre le train de vie des religieux romains, qui s'adonnent à de nombreux péchés, ont des maitresses et vivent dans l'opulence, comme le déplore Hans, un ami de Léon l'Africain :

> « Je voulais que tu aies constamment devant les yeux ce spectacle de misère, quand tu verras vivre les princes de l'Église, tous ces cardinaux qui possèdent trois palais chacun, où ils rivalisent de somptuosité et de débauche, où ils organisent festin sur festin, avec douze plats de poissons, huit salades, cinq sortes de douceurs. (p. 292)

À cause des protestants, le pape est dans une situation des plus instables, comme le lui écrit Luther (théologien et réformateur allemand, 1483-1546) : « Ô toi, Léon, le plus infortuné de tous, tu es assis sur le plus dangereux des trônes. Rome fut jadis une porte du Ciel, c'est maintenant le gouffre béant de l'Enfer. » (p. 294) À sa mort, le nouveau pape Adrien entreprend de purger Rome et l'Église de tous ses péchés. Il supprime les pensions accordées aux personnages importants, les commandes d'œuvres d'art, de livres et de constructions. Il souhaite également mobiliser les chrétiens contre les musulmans.

L'entrée dans Rome des luthériens est vécue par Léon comme une apocalypse. Les soldats pillent et tuent, s'acharnant en particulier sur le clergé : « Par le Dieu qui m'a fait parcourir le vaste monde, par le Dieu qui m'a fait vivre le supplice du Caire comme celui de Grenade, jamais je n'ai côtoyé tant de bestialité, tant de haine, tant d'acharnement sanguinaire, tant de jouissance dans le massacre, la destruction et le sacrilège ! » (p. 341), explique Léon. Même Hans, un luthérien fervent, ne se reconnait pas dans ces exactions.

Ainsi, comme on le constate, le roman met particulièrement en scène les dérives des religions, non à cause de leurs qualités intrinsèques, mais du fait des hommes qui les pratiquent.

PISTES DE RÉFLEXION

QUELQUES QUESTIONS POUR APPROFONDIR SA RÉFLEXION…

- Peut-on établir un parallèle entre la destinée de Léon l'Africain et celle de l'auteur ?
- Comment les hommes et les femmes sont-ils respectivement représentés dans le roman ?
- Commentez la citation suivante :

> « Une fois de plus, mon fils, je suis porté par cette mer, témoin de tous mes errements et qui à présent te convoie vers ton premier exil. À Rome, tu étais « le fils de l'Africain » ; en Afrique, tu seras « le fils du Roumi ». Où que tu sois, certains voudront fouiller ta peau et tes prières. Garde-toi de flatter leurs instincts, mon fils, garde-toi de ployer sous la multitude ! Musulman, juif ou chrétien, ils devront te prendre comme tu es ou te perdre. (p. 349)

- Dressez un tableau général des principales grandes puissances politiques autour du bassin européen au XVIe siècle.
- Selon vous, ce roman peut-il être considéré comme un document historique ? Justifiez.
- Comment les religions sont-elles représentées dans le roman ? Penchez-vous plus particulièrement sur le christianisme et sur l'islam.
- Quelle est la place accordée à la magie dans *Léon l'Africain* ? Comment expliquez-vous cela ?

- Qu'est-ce qui fait la valeur d'un homme selon Léon ? Et vous, quel est votre point de vue sur la question ?

POUR ALLER PLUS LOIN

ÉDITION DE RÉFÉRENCE

- Maalouf A., *Léon l'Africain*, Paris, Éditions JC Lattès, 1986.

ÉTUDE DE RÉFÉRENCE

- Beaumarchais J.-P. de, Couty D. et Rey A., *Dictionnaire des littératures de langue française*, Paris, Bordas, 1984.

SUR LEPETITLITTÉRAIRE.FR

- Fiche de lecture sur *Les Échelles du Levant* d'Amin Maalouf

Retrouvez notre offre complète sur lePetitLittéraire.fr

- des fiches de lectures
- des commentaires littéraires
- des questionnaires de lecture
- des résumés

Anouilh
- Antigone

Austen
- Orgueil et Préjugés

Balzac
- Eugénie Grandet
- Le Père Goriot
- Illusions perdues

Barjavel
- La Nuit des temps

Beaumarchais
- Le Mariage de Figaro

Beckett
- En attendant Godot

Breton
- Nadja

Camus
- La Peste
- Les Justes
- L'Étranger

Carrère
- Limonov

Céline
- Voyage au bout de la nuit

Cervantès
- Don Quichotte de la Manche

Chateaubriand
- Mémoires d'outre-tombe

Choderlos de Laclos
- Les Liaisons dangereuses

Chrétien de Troyes
- Yvain ou le Chevalier au lion

Christie
- Dix Petits Nègres

Claudel
- La Petite Fille de Monsieur Linh
- Le Rapport de Brodeck

Coelho
- L'Alchimiste

Conan Doyle
- Le Chien des Baskerville

Dai Sijie
- Balzac et la Petite Tailleuse chinoise

De Gaulle
- Mémoires de guerre III. Le Salut. 1944-1946

De Vigan
- No et moi

Dicker
- La Vérité sur l'affaire Harry Quebert

Diderot
- Supplément au Voyage de Bougainville

Dumas
- Les Trois Mousquetaires

Énard
- Parlez-leur de batailles, de rois et d'éléphants

Ferrari
- Le Sermon sur la chute de Rome

Flaubert
- Madame Bovary

Frank
- Journal d'Anne Frank

Fred Vargas
- Pars vite et reviens tard

Gary
- La Vie devant soi

Gaudé
- La Mort du roi Tsongor
- Le Soleil des Scorta

Gautier
- La Morte amoureuse
- Le Capitaine Fracasse

Gavalda
- 35 kilos d'espoir

Gide
- Les Faux-Monnayeurs

Giono
- Le Grand Troupeau
- Le Hussard sur le toit

Giraudoux
- La guerre de Troie n'aura pas lieu

Golding
- Sa Majesté des Mouches

Grimbert
- Un secret

Hemingway
- Le Vieil Homme et la Mer

Hessel
- Indignez-vous !

Homère
- L'Odyssée

Hugo
- Le Dernier Jour d'un condamné
- Les Misérables
- Notre-Dame de Paris

Huxley
- Le Meilleur des mondes

Ionesco
- Rhinocéros
- La Cantatrice chauve

Jary
- Ubu roi

Jenni
- L'Art français de la guerre

Joffo
- Un sac de billes

Kafka
- La Métamorphose

Kerouac
- Sur la route

Kessel
- Le Lion

Larsson
- Millenium I. Les hommes qui n'aimaient pas les femmes

Le Clézio
- Mondo

Levi
- Si c'est un homme

Levy
- Et si c'était vrai...

Maalouf
- Léon l'Africain

Malraux
- La Condition humaine

Marivaux
- La Double Inconstance
- Le Jeu de l'amour et du hasard

Martinez
- Du domaine des murmures

Maupassant
- Boule de suif
- Le Horla
- Une vie

Mauriac
- Le Nœud de vipères

Mauriac
- Le Sagouin

Mérimée
- Tamango
- Colomba

Merle
- La mort est mon métier

Molière
- Le Misanthrope
- L'Avare
- Le Bourgeois gentilhomme

Montaigne
- Essais

Morpurgo
- Le Roi Arthur

Musset
- Lorenzaccio

Musso
- Que serais-je sans toi ?

Nothomb
- Stupeur et Tremblements

Orwell
- La Ferme des animaux
- 1984

Pagnol
- La Gloire de mon père

Pancol
- Les Yeux jaunes des crocodiles

Pascal
- Pensées

Pennac
- Au bonheur des ogres

Poe
- La Chute de la maison Usher

Proust
- Du côté de chez Swann

Queneau
- Zazie dans le métro

Quignard
- Tous les matins du monde

Rabelais
- Gargantua

Racine
- Andromaque
- Britannicus
- Phèdre

Rousseau
- Confessions

Rostand
- Cyrano de Bergerac

Rowling
- Harry Potter à l'école des sorciers

Saint-Exupéry
- Le Petit Prince
- Vol de nuit

Sartre
- Huis clos
- La Nausée
- Les Mouches

Schlink
- Le Liseur

Schmitt
- La Part de l'autre
- Oscar et la Dame rose

Sepulveda
- Le Vieux qui lisait des romans d'amour

Shakespeare
- Roméo et Juliette

Simenon
- Le Chien jaune

Steeman
- L'Assassin habite au 21

Steinbeck
- Des souris et des hommes

Stendhal
- Le Rouge et le Noir

Stevenson
- L'Île au trésor

Süskind
- Le Parfum

Tolstoï
- Anna Karénine

Tournier
- Vendredi ou la Vie sauvage

Toussaint
- Fuir

Uhlman
- L'Ami retrouvé

Verne
- Le Tour du monde en 80 jours
- Vingt mille lieues sous les mers
- Voyage au centre de la terre

Vian
- L'Écume des jours

Voltaire
- Candide

Wells
- La Guerre des mondes

Yourcenar
- Mémoires d'Hadrien

Zola
- Au bonheur des dames
- L'Assommoir
- Germinal

Zweig
- Le Joueur d'échecs

Et beaucoup d'autres sur lePetitLittéraire.fr

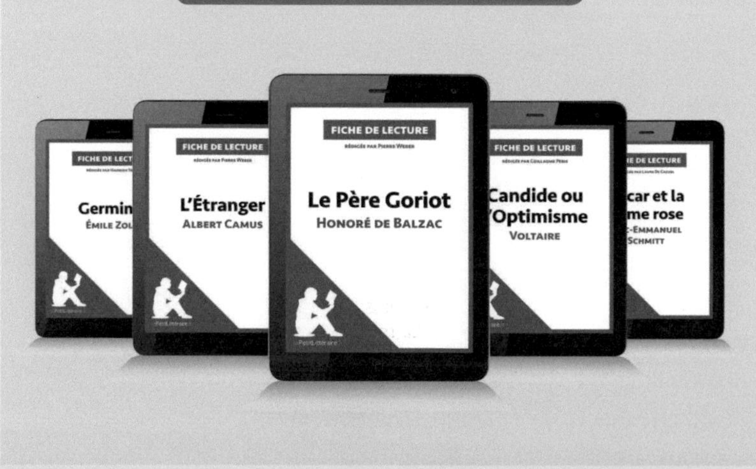

www.lepetitlitteraire.fr

ISBN version imprimée : 978-2-8062-1167-5
ISBN version numérique : 978-2-8062-2022-6
Dépôt légal : D/2013/12.603/287